AF363990

16 Novembre 1897.

VENTE DU MARDI 16 NOVEMBRE 1897

HOTEL DROUOT, SALLE N° 7

à deux heures

ANCIENNES PORCELAINES DE CHINE

JADES, CRISTAUX DE ROCHE

OBJETS DIVERS

DE L'EXTRÊME-ORIENT

EXPOSITION PUBLIQUE

LE LUNDI 15 NOVEMBRE 1897

DE 1 HEURE 1/2 A 5 HEURES 1/2

COMMISSAIRE-PRISEUR	EXPERTS
Mᵉ PAUL CHEVALLIER	**MM. MANNHEIM**
10, rue Grange-Batelière, 10	7, rue Saint-Georges, 7

IMPRIMERIE DE L'ART.

CONDITIONS DE LA VENTE

Elle sera faite au comptant.

Les acquéreurs paieront *cinq pour cent* en sus des adjudications.

L'exposition mettant le public à même de se rendre compte de l'état et de la nature des objets, il ne sera admis aucune réclamation une fois l'adjudication prononcée.

Paris. — Imp. de l'Art, E. Moreau et Cⁱᵉ, 41, rue de la Victoire.

DÉSIGNATION DES OBJETS

JADES, CRISTAUX DE ROCHE

1 — Petit chien de Fô en jade blanc de la Chine. Socle en bois et étui.

2 — Coupe libatoire en jade gris de la Chine, décor gravé. Socle en bois sculpté.

3 — Coupe libatoire en jade gris de la Chine, décor gravé. Socle en bois sculpté.

4 — Coupe, en forme de feuille, en jade gris de la Chine. Socle en bois sculpté.

5 — Vase balustre avec couvercle orné d'oiseaux en relief, jade gris verdâtre de la Chine.

6 — Brûle-parfums, en forme de colonnette ajourée, en jades gris et vert de la Chine. Socle en bois.

7 — Deux petits écrans de table, en lapis sculpté, à personnages, monture en bois, Chine.

8 — Boîte, en forme de cédrat, en cristal de roche sculpté. Chine.

9 — Quatre boules en cristal de roche rose. Chine.

10 — Coupe en cristal de roche améthyste, en forme de fleur de lotus, ornée d'insectes. Socle en bois sculpté, décoré d'animaux. Chine.

PORCELAINES DE CHINE, FAMILLE VERTE

11 — Vase quadrilatéral, à décor polychrome de paysages animés et sujets mythologiques. Ancienne porcelaine de Chine, famille verte.

12 — Deux vases-rouleaux pouvant se faire pendants, fond bleu soufflé et décor de personnages symbolisant : la Richesse, le Bonheur, la Longévité, en émaux de la famille verte. Ancienne porcelaine de Chine.

13 — Vase, à panse ovoïde, décor d'arbres en fleurs, papillons et oiseaux. Ancienne porcelaine de Chine, famille verte.

14 — Plat creux, décor de rochers, fleurs et papillons. Ancienne porcelaine de Chine, famille verte.

15 — Petit plat creux, branches fleuries. Ancienne porcelaine de Chine, famille verte.

16 — Plat creux : poisson dans les flots et pagode dans les nuages. Marque à la pierre sonore. Ancienne porcelaine de Chine, famille verte.

17 — Deux petits plats : fleur de nelumbo et quadrillés. Ancienne porcelaine de Chine, famille verte.

18 — Deux petits plats variés : fleurs, oiseaux, papillons. Ancienne porcelaine de Chine, famille verte.

19 — Compotier cotelé, en ancienne porcelaine de Chine, famille verte : haie fleurie avec rinceaux et fleurs à la chute.

20 — Tasse avec soucoupe : personnages. Chine, famille verte.

PORCELAINES DE CHINE, FAMILLE ROSE

21 — Grand plat creux, à décor de dragons à cinq griffes, en ancienne porcelaine de Chine, famille rose. Époque de Kien-Lung.

22 — Deux plats creux. décor de chevaux. Ancienne porcelaine de Chine, famille rose. Époque de Young-Tching.

23 — Plat creux : personnage auprès d'un cerf, revers rouge d'or. Porcelaine de Chine. Époque de Tao-Kouang.

24 — Deux pitongs, à pans ajourés : fleurs et animaux. Famille rose. Chine.

25 — Vase, à fond vert gravé et décor de personnages et animaux. Ancienne porcelaine de Chine, famille rose. Époque de Kien-Lung.

26 — Vase, à fond vert gravé et décor de coqs et fleurs. Chine. Époque de Kien-Lung, famille rose.

27 — Paire de vases à petites anses, décor de personnages et inscriptions. Chine, famille rose.

28 — Paire de petites potiches avec couvercles, à décor de personnages frappant du gong. Chine, famille rose.

29 — Deux canards. Chine, famille rose.

30 — Deux bols, fond jaune, rinceaux fleuris. Chine, famille rose. Cachet de Kia-King.

31 — Deux petites potiches, décor de rinceaux fleuris et oiseaux. Chine, famille rose.

32 — Deux plats creux, fleurs au centre, au milieu de pétales de fleurs de lotus. Chine, famille rose.

33 — Deux compotiers, fleurs et rochers. Chine, famille rose.

34 — Deux petits vases, personnages. Chine, famille rose. Cols coupés.

35 — Deux petits vases, émaillés jaune et gravés : fleurs. Chine, famille rose.

36 — Cantine, fleurs et papillons. Chine, famille rose.

37 — Plat creux : grenadier en fleurs. Ancienne porcelaine de Chine, famille rose.

38 — Jardinière oblongue, décor de fleurs, rochers et animaux. Chine, famille rose.

39 — Jardinière à six pans, à décor de personnages dans des paysages. Ancienne porcelaine de Chine, famille rose.

40 — Trois tasses avec soucoupes, fleurs sur fond capucin. Chine, famille rose.

41 — Grand vase en porcelaine moderne de Chine, décoré en émaux de la famille rose, personnages.

PORCELAINES DIVERSES

DE LA CHINE ET DE LA COMPAGNIE DES INDES

42 — Plat creux, décor bleu : caractère d'écriture simulant un arbre; revers orné d'un décor analogue. Ancienne porcelaine de Chine. Époque des Mings.

43 — Plat creux, décor bleu rayonnant à compartiments de fleurs. Ancienne porcelaine de Chine. Marque à la pierre sonore.

44 — Plat creux, décor bleu, feuillages sur fond imbriqué. Ancienne porcelaine de Chine.

45 — Potiche ovoïde, à décor bleu : Réception familiale. Ancienne porcelaine de Chine.

46 — Vase-lancelle, décor bleu de paysages montagneux avec rivières et bateaux. Ancienne porcelaine de Chine.

47 — Bouteille : dragon, en rouge de cuivre dans les nuages, Ancienne porcelaine de Chine. Socle en bois.

48 — Bouteille piriforme, à fond bleu soufflé et décor de chiens de Fô en rouge de fer. Ancienne porcelaine de Chine. Socle en bois.

49 — Petit vase, émaillé jaune chamois, craquelé, en ancienne porcelaine de Chine. Socle en bois.

50 — Pot à gingembre, à réserves d'arbustes sur fond rouge corail. Ancienne porcelaine de Chine. Couvercle en bois.

51 — Vase, émaillé rouge haricot. Chine.

52 — Vase, en céladon gris craquelé. Chine. Socle en bois.

53 — Petite potiche, émaillée gros bleu. Chine.

54 — Vase à panse ovoïde en céladon gris craquelé, avec zones décorées en bleu. Ancienne porcelaine de Chine. Socle en bois.

55 — Vase à panse ovoïde et petites anses, décor de dragons et feuillages en bleu et rouge de cuivre. Ancienne porcelaine de Chine.

56 — Gourde à panse aplatie, décor bleu : rosaces. Ancienne porcelaine de Chine. Époque de Wan-Li. Socle en bois.

57 — Vase cylindrique, décoré de dragons et Fong-Hoang.

Ancienne porcelaine de Chine. Époque de Wan-Li. Socle en bois.

58 — Jardinière, décorée de rinceaux en relief sur fond violet. Ancienne porcelaine de Chine.

59 — Trois pièces : petit vase, petite bouteille et petite potiche à couverte dite limaille. Chine. Socles en bois.

60 — Trois pièces : deux petites bouteilles, l'une bleue, l'autre imitant le bronze et petite potiche rouge haricot. Socles en bois. Chine.

61 — Vase à eau de forme surbaissée, émaillé vert camélia truité. Chine. Socle en bois.

62 — Deux petits vases, l'un à couverte dite arc-en-ciel et l'autre orné de dragons en rouge de fer, avec socle en bois. Chine.

63 — Bouteille, émaillée rouge haricot. Chine. Socle en bois.

64 — Trois petits vases à eau variés, dont deux en rouge flambé de la Chine et l'autre orné de dragons. Chine. Socles en bois.

65 — Petit pitong en rouge flambé de la Chine. Socle en bois.

66 — Petit vase à large ouverture, décor bleu : personnages et paysages. Chine. Socles en bois.

67 — Petite bouteille, ornée d'un dragon en ronde bosse, porcelaine blanche de la Chine. Socle en bois.

68 — Bouteille cotelée, à anses, émaillée gris perle. Chine. Socle en bois.

69 — Petit vase cylindrique, décoré de fruits en bleu ; culot en céladon gris verdâtre. Ancienne porcelaine de Chine. Socle en bois.

70 — Petit vase en céladon gris verdâtre gaufré, sous couverte. Chine.

71 — Petit vase de forme cylindrique en céladon gris verdâtre gaufré, sous couverte. Chine. Socle en bois.

72 — Large vase cylindrique en céladon vert d'eau gaufré. Chine.

73 — Vase en céladon gris verdâtre fleuri, décor blanc d'oiseaux et d'arbustes. Chine. Socle en bois.

74 — Paire de chiens de Fô en céladon turquoise de la Chine.

75 — Paire de chiens de Fô en porcelaine flambée de la Chine.

76 — Sept flacons tabatières de formes variées. Chine.

77 — Tasse avec couvercle et soucoupe ajourés, à décor de rinceaux fleuris. Chine.

78 — Deux petits bols, l'un, famille verte, à personnages ; l'autre à sujets européens en grisaille. Chine.

79 — Trois pièces : encrier, décor bleu, et deux petites boîtes lenticulaires, décorées en bleu sur fond craquelé. Chine. Socles en bois.

80 — Deux salières, à décor de style européen. Chine.

81 — Vase balustre en porcelaine blanche de la Chine, fond dit chair de poule. Socle en bois.

82 — Vase à eau, dragon en rouge de cuivre. Chine. Époque de Kang-Chi.

83 — Trois petites tables à écrire variées. Chine.

84 — Jardinière ronde en céladon chamois craquelé. Chine.

85 — Trois pièces : flacon-aspersoir émaillé rouge corail, vase bleu turquoise truité avec socle en bois et vase émaillé noir avec socle en bois. Chine.

86 — Deux pièces : deux petits vases, l'un à décor de rinceaux bleus avec socle en bois ; l'autre en céladon gris verdâtre gaufré sous couverte. Chine.

87 — Trois pièces : deux petites coupes, fond argenté et petit pitong, de la famille verte, à bambous. Chine.

88 — Théière avec couvercle, en porcelaine dorée de la Chine.

89 — Vase, à col évasé, à décor bleu et rouge de cuivre : arbres et rochers. Ancienne porcelaine de Chine.

90 — Gourde à double renflement, décor de rinceaux en blanc sur fond bleu. Socle en bois. Chine.

91 — Petit vase cylindrique, décor bleu de menus rinceaux. Ancienne porcelaine de Chine. Socle en bois.

92 — Paire de grands vases gris craquelé avec zones réservées, en biscuit brun. Chine.

93 — Bouteille, à col évasé et couverte bleu lavande, avec zone gaufrée. Cachet de Young-Tching. Chine.

94 — Bouteille émaillée noir. Chine.

95 — Vase à petites anses et panse sphérique, à couverte émaillée bronze. Chine.

96 — Bouteille à panse sphérique et couverte noir verdâtre. Chine.

97 — Bouteille à panse surbaissée, couverte dite foie de mulet. Cachet de Young-Tching. Chine.

98 — Vase, à couverte, dite moutarde, décor de grecques. Chine.

99 — Vase, à couverte imitant le bronze et déeor de grecques; petites anses. Chine.

100 — Vase, à panse ovoïde, à décor de fleurs émaillées blanc sur fond imitant le bronze. Époque de Kien-Lung. Socle en bois. Chine.

101 — Vase rouleau, à décor de réserves à fleurs, en couleurs sur fond bleu soufflé. Chine.

102 — Vase en céladon fleuri : branchages et papillons ; réserves en blanc sur céladon vert. Chine.

103 — Trois petites tasses variées, avec soucoupes. Chine.

104 — Deux pièces, Chine : encrier de forme surbaissée,

émaillé couleur thé avec grecque, et bouteille craquelée rouge, avec socle en bois.

105 — Deux vases à panse surbaissée, à décor de rinceaux bleus sur fond gris craquelé. Socle en bois. Chine.

106 — Gourde plate, flamblée gris et rouge. Chine.

107 — Deux pièces : petite bouteille, à décor de dragons en rouge de cuivre, et petite potiche, à réserves décorées en bleu sur fond capucin. Socle en bois. Chine.

108 — Paire de chiens de Fô en porcelaine blanche de Chine.

109 — Statuette de personnage debout, en blanc de Chine craquelé.

110 — Coupe libatoire, à décor doré sur fond rouge corail. Pied en bois. Chine.

111 — Pot à gingembre, réserves et chiens de Fô, famille verte. Chine.

112 — Grande bouteille, émaillée jaune clair. Socle en bois. Chine.

113 — Pot à gingembre avec couvercle, décor bleu : paysage animé. Chine.

114 — Petit pot, décor bleu : réserves de paysages, papillons, fleurs. Socle en bois. Chine.

115 — Gourde plate, à décor de salamandres et chauve-souris en bleu et rouge de cuivre. Socle en bois. Chine.

116 — Petit vase, décor bleu : assemblée de personnages. Socle en bois. Chine.

117 — Petit vase à panse cylindrique, décor bleu : paysage avec bateau. Socle en bois. Chine.

118 — Kilin en céladon turquoise truité de la Chine.

119 — Trois bouteilles, à décor de spirales en rouge de fer. Chine.

120 — Pot ovoïde, émaillé jaune impérial. Chine. Cachet de Tao-Koueng. Socle en bois.

121 — Bol, émaillé jaune clair. Chine.

122 — Assiette, à décor de vases et ustensiles. Ancienne porcelaine de Chine.

123 — Coupe avec plateau rond : poissons et plantes en couleurs et dorure. Chine.

124 — Petit plat en ancienne porcelaine de Chine, décor de fleurs, quadrillés au marli.

125 — Six pièces : petit pot à lait, fleurs ; coupe oblongue, rinceaux fleuris ; deux soucoupes, fond jaune à dragons, et deux soucoupes, corbeilles. Chine.

126 — Plat ovale : écusson avec initiales. Indes.

127 — Cabaret : pot à lait, sucrier, douze tasses avec soucoupes, décor de fleurs. Indes.

128 — Quatre pièces : deux tasses, avec soucoupes, et deux pots à crème, avec couvercles, fleurs. Chine et Indes.

129 — Deux cache-pots, porcelaine moderne de Chine :
personnages.

130 — Figurine de Poutaï assis sur un large socle. Grès de
la Chine.

131 — Deux pièces : bouteille émaillée gris craquelé et
petit vase flambé en ancien grès de la Chine. Socle en
bois.

PORCELAINES ET POTERIES DU JAPON

CÉRAMIQUE VARIÉE

132 — Jardinière, à parois ajourées, décor bleu ; sur quatre
pieds. Japon. Socle en bois.

133 — Trois pièces, porcelaine du Japon : bouteille piriforme noire ; vase, forme sac et cornet à renflements,
émaillés bronze.

134 — Coupe ronde avec couvercle, à décor bleu et rouge :
grappes de raisin. Japon.

135 — Trois bols avec couvercles, fleurs sur fond bleu.
Vieil Imari. Chrysanthèmes du Mikado.

136 — Plateau analogue.

137 — Deux bouteilles, à col renflé, médaillons et attributs.
Japon.

138 — Deux vases, décor rouge. Kaga.

139 — Grand bol, fleurs sur fond vert carrelé. Kutani.

140 — Six pots à crème avec soucoupes, décor de lambrequins. Japon.

141 — Cinq petits plateaux. Japon : trois à fleurs, deux à personnages.

142 — Trois pièces : deux coupes, à feuillages, et bol avec couvercle, fleurs et quadrillés. Japon.

143 — Statuette de personnage debout. Grès de Takatori.

144 — Pitong bambou avec statuette de guerrier. Japon.

145 — Paire de bouteilles, fond bleu truité, fleurs. Céramique japonaise.

146 — Deux perruches, émaillées bleu.

147 — Paire de petits cornets, à décor de style chinois : fleurs et oiseaux. Porcelaine.

148 — Paire de vases à pans, à décor de personnages de style chinois ; bordures vertes. Porcelaine.

149 — Dix pièces : plats et assiettes. Chine moderne et imitation.

150 — Plat ovale, décor rayonnant de style japonais. Céramique anglaise.

ÉMAUX CLOISONNÉS, OBJETS DIVERS

DE LA CHINE ET DU JAPON

151 — Brûle-parfums, sur quatre pieds, en ancien émail cloisonné de la Chine. Couvercle et socle en bois.

152 — Deux petits vases en ancien émail cloisonné de la Chine.

153 — Deux petites boîtes lenticulaires en ancien émail cloisonné de la Chine.

154 — Deux petites coupes en émail cloisonné de la Chine.

155 — Jardinière ovale en émail cloisonné de la Chine, à fleurs sur fond bleu.

156 — Boîte en émail de Canton.

157 — Plateau en émail cloisonné du Japon ; pieds-dragons.

158 — Brûle-parfums à anses en bronze, à décor doré ; couvercle ajouré en bois à bouton de jade ; socle en bois. Chine.

159 — Pagode en bronze, sur socle en bois. Siam.

160 — Sceptre chinois en bois sculpté : personnages.

161 — Trois figurines en ivoire, sur socle en bois. Japon.

162 — Boîte en bois de fer, ornée de menouki en bronze. Japon.

163 — Quatre flacons-tabatières variés en verre de couleurs. Chine.

164 — Trois pièces : garde de sabre en fer et deux petites boîtes laquées, l'une plate, l'autre cylindrique. Japon.